GEORGETTE LEBLANC
(Mme MAETERLINCK)

I0637583

UN PÈLERINAGE
AU PAYS DE
MADAME BOVARY

LABO
RE
MVS

PARIS

BIBLIOTHÈQUE INTERNATIONALE D'ÉDITION

E. SANSOT & Cie

9, RUE DE L'ÉPERON, 9

—

MCMXIII

L7k
0430

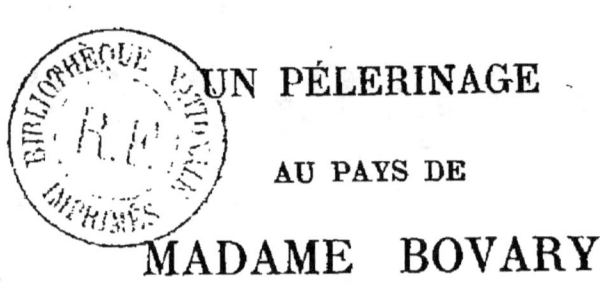

UN PÉLERINAGE

AU PAYS DE

MADAME BOVARY

8° Lk⁷
40430

IL A ÉTÉ TIRÉ DE CET OUVRAGE :

DIX EXEMPLAIRES SUR JAPON IMPÉRIAL

ET QUINZE EXEMPLAIRES

SUR HOLLANDE VAN GELDER ZONEN

N^o

La jeune fille à laquelle ressemblait DELPHINE DELAMARE
(EMMA BOVARY).

D'après un tableau de Court (Musée de Rouen)

GEORGETTE LEBLANC

(Mme MAETERLINCK)

UN PÉLERINAGE

AU PAYS DE

MADAME BOVARY

DON
1547.24

PARIS

BIBLIOTHÈQUE INTERNATIONALE D'ÉDITION

E. SANSOT & Cie

9, Rue de L'Éperon, 9

Tous droits réservés

UN PÉLERINAGE

AU PAYS DE

MADAME BOVARY

A Rouen, près de l'église Saint-Patrice, se trouvait encore, il y a peu d'années, une pharmacie. La rue étroite, les vitres basses, laissaient entrer dans la boutique un jour parcimonieux. Au fond, derrière le comptoir, on voyait parfois une dame.

Un mystère l'enveloppait, qui la grandissait délicieusement à mes yeux de petite fille. Pourquoi parlait-on de cette femme à voix basse? Pourquoi ne la désignait-on point par le nom que j'épelais en grosses lettres d'or sur la porte du pharmacien? Dans les ténèbres où tâtonne l'enfance le mystère est tout puissant; c'est le premier rayon de clarté qui nous guide jusqu'au réel.

Quelquefois, après la messe, nous entrions chez le pharmacien et, secrètement, je souhaitais d'apercevoir la dame qui, presque toujours, avec un geste d'excuse, s'enfuyait au bruit de la sonnette. Une fois seulement, comme plusieurs personnes attendaient, ce fut elle qui s'occupa de notre achat.

De ses mains fines et longues où un simple anneau d'or luisait, elle prit le bâton de cire rouge, s'approcha d'une bougie et plia délicatement le papier blanc pour en cacheter les deux pointes.

Près de la flamme que la clarté du jour faisait paraître opaque, ses mains blanches devinrent toutes roses et bordées de lumière. Elle vit mon regard attaché à ses moindres mouvements ; alors, elle sourit et, s'inclinant jusqu'à mon front elle m'embrassa. Ce jour-là, en rentrant, j'entendis ma mère dire ces mots :

« Nous avons vu la fille de Mme Bovary. »

Un peu plus tard, parce que mon attention avait été éveillée par le nom de Bovary, le roman de Flaubert fut le premier qui s'égara entre mes mains innocentes. La gouvernante qui l'exposait

imprudemment à ma curiosité avait.
par pudeur replié ça et là quelques
pages.

En les ignorant, je ne pouvais guère
comprendre les malheurs et les amours
d'Emma Bovary; cependant, je les igno-
rais avec délice, non point que je fusse
guidée par le goût d'une vertu précoce,
mais au contraire parce qu'il était plus
difficile d'obéir que de désobéir. L'or-
gueil des enfants est infini et ils ont
souvent un sens charmant de la di-
gnité.

Je n'ouvris pas les pages défendues

qui sans doute recélaient tous les secrets
interdits à ma jeune connaissance; mais
après, lorsque nous passions dans la
petite rue sombre, et que j'apercevais à
travers les vitres de la pharmacie la
dame aux mains longues et blanches, je
me rappelais avec angoisse la phrase
qui termine l'admirable roman de Flaubert : « Quand tout fut vendu, il resta
douze francs soixante et quinze centimes
qui servirent à payer le voyage de Mlle
Bovary chez sa grand'mère. La bonne
femme mourut dans l'année même ; le
père Rouault étant paralysé, ce fut une

tante qui s'en chargea. Elle est pauvre et l'envoie, pour gagner sa vie, dans une filature de coton. »

Nous sommes allés au village de Mme
Bovary pour retrouver le souvenir de
celle qui lui prêta sa beauté et sa pauvre
petite âme de provinciale romantique.

Mes compagnons et moi, nous partons

de bonne heure ; la journée s'annonce
magnifique et le vers inattendu de l'or-
gueilleux et rigide Malherbe, le vieux
poète normand, chante en notre souvenir :

L'air est plein d'une haleine de roses

La campagne immobile est couverte
encore du voile léger que laisse après
elle la nuit. Elle est verte et dorée et tout
alourdie d'abondance. Voici les pom-
miers que les grappes de fruits courbent
jusqu'au sol ; voici des champs d'orge,
de seigle, de blé si ardents à vivre que
leurs épis, pressés les uns contre les

La rivière de Ry. — La Lieure.

autres, semblent offrir de loin un terrain
solide où les pieds se poseraient ; et puis
voici la terre fraîchement labourée, la
riche terre normande qui attend la se-
mence. Grasse et odorante, elle est belle
de promesse et sa couleur foncée repose
le regard.

Dans ses descriptions de Yonville-l'Abbaye, Flaubert nous a montré la grâce
du petit village de Ry qui nous charme
par sa naïveté. Plus qu'aucun autre
on le sent établi à même la campagne,
couché au fond de la vallée, dans le long
berceau que forment les collines boisées,

ses maisons n'arrêtent pas les sources de verdure qui coulent à travers son silence ; il reste mêlé d'arbres et envahi par l'herbe. Tout du long de la rivière des jardins fleurissent et des saules se penchent. « Les toits de chaume, comme des bonnets de fourrure rabattus sur les yeux, descendent jusqu'au tiers à peu près des fenêtres basses, dont les gros verres bombés sont garnis d'un nœud dans le milieu, à la façon des culs de bouteilles. » Nous suivons la rue ; elle s'élargit bientôt en une grande place, la place où dans le roman de Flaubert se

passe la fête des comices agricoles ; plus
loin, deux boucliers dorés annoncent la
demeure du notaire où se rendait chaque jour Léon, l'amant d'Emma... Mais
voici l'auberge où la jeune femme des-
cendit le soir de son arrivée, et c'est là
dans la salle basse qu'ils se rencontrè-
rent pour la première fois.

« Du bout de ses deux doigts, elle prit
sa robe à la hauteur du genou, et l'ayant
ainsi remontée jusqu'aux chevilles, elle
tendit à la flamme, par-dessus le gigot
qui tournait, son pied chaussé d'une
bottine noire... De l'autre côté de la che-

minée, un jeune homme à chevelure blonde la regardait silencieusement. »

Voici la mairie, construite *sur les dessins d'un architecte de Paris ;* voici les halles. « Mais ce qui attire le plus les yeux, c'est, en face de l'auberge du Lion d'Or, la pharmacie de M. Homais ! » Des bocaux rouges et verts embellissent la devanture. « L'intérieur n'a pas changé, nous dit le pharmacien, depuis l'époque où Flaubert y venait voir son ami l'apothicaire. Il s'excuse d'être assez peu documenté, n'étant à Ry que depuis quelques mois ; mais tout le monde vous racontera des histoires, ajoute-t-il, car peu de pays peuvent s'enorgueillir de posséder une héroïne qui ressemble autant à l'immage qui l'immortalise. »

Du même côté de la rue, un minuscule magasin d'articles de Paris étale sa marchandise : bijouterie, jouets d'enfant, images et livres de première communion. Derrière un espalier de cartes postales, apparaît un bonnet à rubans, et, comme je reste indécise, un souriant visage encadré de boucles blanches me surprend par ces mots :

« C'est-y que vous cherchez une

carte de Mme Bovary ? » La bonne
femme est une des personnes qui sont
au courant des histoires ! Un instant
après j'emportais deux images précieu-
ses, l'une d'elles représente la ferme où
naquit Emma, à Blainville-Crevon, l'autre la plus belle maison du village où sa
vie s'écoula. La marchande me parle
également d'une vieille photographie
que j'avais remarquée dans la salle de
l'auberge ; c'est, dans un cadre dédoré,
vieilli, piqué, le château de la Huchette,
où Emma courait le matin à travers les
prairies, pour rejoindre Rodolphe ! Je

longe au bord de la rivière le sentier
qu'elle suivait après avoir passé « la
planche aux vaches » et j'arrive à l'é-
glise qui domine le village. Sous son
porche de bois travaillé comme une précieuse dentelle Renaissance (1), des co-
lombes roucoulent, des hirondelles passent ; un vieillard est là, assis sur le
mur bas, le dos au soleil. Je l'interroge
timidement... « La tombe à Emma Bovary ? y a beau temps qu'on l'a enlevée
rapport au scandale !... Dame ! c'était
pas sa place, tout de même... »

---

(1) Voir les notes à la fin du volume.

Je ne pensais pas que nos interroga-
tions soulèveraient un monde de dis-
cours. Est-ce à cause de cela que ce
petit bourg paisiblement étendu le long
de sa rivière ne semble pas dormir ?

Parce que nous avons nommé Mme Bovary une flamme inattendue a lui dans
tous les yeux... On croirait que le moindre paysan a lu le roman de Flaubert.
Ne nous fut-il pas conté que l'instituteur
en fait la lecture à ceux qui n'ont pas le
moyen de s'instruire ! Tous parlent de
l'héroïne et de *Monsieur Gustave*, comme ils parleraient de leurs récoltes ou
de leurs bestiaux. Et cela donne un re-
lief particulier à cette petite population.
Pour elle, Mme Bovary fut une « dé-
vergondée », mais l'œuvre qui répandit
son histoire à travers le monde n'en fait-

elle pas une héroïne ? Le jugement est
sévère mais la vanité flattée.

Ainsi, peu à peu, je m'avançais alors
que je ne m'y attendais point, dans la
vie même de la véritable Mme Bovary.
J'en éprouvais tout à la fois de la joie et
de la crainte, car rien ne défend l'entrée
d'une âme qui n'est plus, et je sais bien
qu'elle sera partout et nulle part... Certes, je n'ai aucune sympathie particulière pour la pauvre Emma Bovary,
mais je ne sentirai jamais plus profondément qu'en cette journée la misère d'un
souvenir qui flotte de bouche en bouche,

à la merci d'autrui Enfants, on nous
enseigne à marcher à pas muets dans
les églises, les hommes s'y découvrent,
les femmes s'y agenouillent, il y a des
objets que l'on n'ose toucher, d'autres
que les regards ne peuvent souiller.
Plus tard, nous respectons encore le
culte auquel nous ne croyons plus; mais
on ne nous enseigne point la simple dé-
férence envers cette chose grande et
mystérieuse entre toutes : le souvenir
d'un être.

Comment pénétrer sans émoi dans le
temple délabré d'une mémoire éteinte

depuis de longues années ? Vivante, elle n'a pu se défendre des calomnies et des mensonges. (Quelle femme, belle et souriante, n'a point senti peser sur ses épaules un manteau d'infamies ?) Mourante, quelques lambeaux de sa robe blanche restent en des mains pieuses, puis, quand ceux qui ont gardé le goût du miel qui n'est plus, sont partis, rien ne demeure que la pitié distraite des passants...

C'est pourquoi, mon cœur de femme, qui connaît l'œuvre des méchants, veillera aujourd'hui dans la vie misérable

d'une amante égarée, comme une faible
lueur dans l'obscurité du sanctuaire. Il
sera l'étoile inconsciente qui guide les
pas, invite au silence et impose malgré
tout le recueillement et l'amour.

Deux heures sonnent lorsque j'arrive à la maison de l'héroïne, qui, dans la réalité, s'appelait, ainsi que chacun le sait, Delphine Delamare. Cette demeure paisible et riante est maintenant habitée par le vétérinaire et, de très bonne grâce, il m'autorise à la visiter. La grande porte franchie, on se trouve dans un jardin étroit, au milieu duquel un grand saule laisse traîner jusqu'à terre sa molle chevelure verte. Il fut planté, dit-on, par le docteur... Un peu plus loin, c'est le vieux puits entouré de lierre, le vieux puits au bord duquel la jeune femme venait s'asseoir parfois... Mais, voici au fond du jardin, le berceau tout étoilé de lumière où dort éternellement le drame ! Deux charmes très vieux l'ont formé en mêlant amoureusement leur vie.

LA GRANDE RUE DE RY.

MAISON DU DOCTEUR DELAMARE.

(Façade sur la Grande-Rue)

C'est la tonnelle où Delphine donnait ses
rendez-vous. C'est là qu'autrefois Léon
la contemplait durant les soirs d'été,
c'est là que par les froides nuits d'hiver
Rodolphe l'attendait ; c'est là enfin, que
le mari inconsolé trouva le repos... Je
reviens lentement par les petites allées
déjà couvertes de feuilles mortes. Quelques ormeaux s'alignent jusqu'à la maison.
Ils sont vieux ; de leur ombre, ils ont
enveloppé les amants, ils ont protégé
leurs tendresses. A côté, s'élève un buis-
son de lauriers épais comme une mu-
raille, n'est-ce pas toujours le même ?

3

Et ce petit pommier rabougri, aux branches fortement nouées, n'est-il pas cen-
tenaire ?

Hélas ! tout est semblable, mais rien
n'est demeuré, et toute l'éloquence éphé-
mère du jardin me désole. Où sont les
fleurs qui ont égayé les yeux de Delphine?... Où sont les branches légères, qui,
en se jouant, ont inquiété ses baisers ?...

Ce visage presque d'automne qui me
touche si profondément n'est qu'une ressemblance, soixante fois effeuillée, soixante fois recommencée depuis la mort
de Delphine.

Les jardins sont trop vivants ; d'une vie égoïste et insouciante, toujours vouée à la prochaine aurore, toujours attachée au lendemain, ils ne sont que sourires et promesses. Les souvenirs qui s'y attardent s'en vont avec les dernières feuilles, et le premier souffle d'hiver nous enseigne chaque année l'oubli.

J'ai hâte de pénétrer dans la maison, de toucher les choses ! les pauvres choses très humbles qui attendent de nous seuls toute leur existence, qui se polissent au contact de nos mains, dont l'immobilité raconte si bien nos mouvements, et dont le silence parle notre langage secret. Mais au moment de franchir le seuil, la grâce de la porte m'arrête ; elle est étroite et basse, arrondie par le haut, et dans son cadre de bois, une fine guirlande Louis XVI est sculptée. Autour du cintre une glycine très ancienne pleure ses grappes embaumées. Il est impossible de ne pas évoquer ici la silhouette de Delphine « avec sa robe à volants, son lorgnon d'or, ses bottines minces ». Ses bottines minces ! On les voit glisser dans le vestibule, sur les dalles rouges et blanches, usées et

démodées, on les entend monter les mar-
ches du vieil escalier de bois qui craque
sous leur poids léger... J'entre dans la
salle à manger, dans le salon, dans les
chambres ; je m'excuse, mais en vérité
je ne vois rien de ce qui est, mes yeux
passent indifférents sur tous les objets,
sans me dire leur couleur ou leur forme;
ce qui me serre le cœur, ce sont les murs
couverts des boiseries qui n'ont pas
changé ! C'est la proportion des petites
pièces et l'appui des fenêtres où la jeune
femme s'est accoudée tant de fois ! « Elle
s'y mettait souvent; la fenêtre en provin-

ce remplace les théâtres et la promenade. » Ce sont aussi les marbres des che-
minées où les mains se sont posées ;
c'est, par terre, dans le corridor, un léger fléchissement du parquet, une petite
marche qui sépare les deux chambres...
Mais ce sont surtout les glaces enchâs-
sées dans les panneaux de style Direc-
toire. Le temps les a légèrement ternies,
comme pour mieux retenir dans leur
cadre vieillot l'image passée de celle que
j'y viens chercher. « Sa tête nue se répé-
tait dans la glace avec la raie blanche
au milieu. » Et une autre fois, revenant

de son premier rendez-vous avec Rodolphe, elle s'émerveille... « Jamais elle
n'avait eu les yeux si grands, si noirs,
d'une telle profondeur... »

Ainsi, toute femme a vu dans son miroir se réfléter les secrets les plus pro-
fonds de sa vie.

Jeunes filles, nous rêvons devant lui,
comme si le grand mot de notre destin
était là, derrière l'image qu'il nous renvoie. Clair et docile, fidèlement il accom-
pagne notre vie, assure nos victoires et
signe nos défaites. A la dernière heure,
après avoir absorbé le poison, n'est-ce

pas à son miroir que Delphine a donné
ses derniers pleurs. « Elle resta penchée
dessus quelque temps jusqu'au moment
où de grosses larmes lui découlèrent des
yeux. »

C'est là, dans cette petite chambre,
que Delphine est morte, le 6 mars 1848.
Je regarde les murs étroits, le plafond
bas où « la veilleuse arrondissait une
clarté tremblante ». Aujourd'hui, à travers les persiennes closes, des rais de
lumière coupent en mille traits dansants
la pénombre de la pièce, et j'imagine
qu'ils couvrent d'une moire mouvante la

robe de satin blanc dont on revêtit la jeune femme sur son lit de mort, la robe de mariée, qui la faisait ressembler, dit-on, à une grande poupée de cire...

J'ai erré dans le village et j'ai rencontré de vieilles gens qui ont vu Delphine. Celui-là, dont la mémoire chancelle et qui s'appuie en tremblant sur son bâton, était alors enfant de chœur, il agitait la sonnette le jour de l'enterrement. A celui-ci elle fit cadeau d'un cache-nez. « Malheureusement, dit-il, je l'avons usé. Ah ! si j'avions su qu'il aurait de la valeur plus tard ! » — « Je me

la rappelle ben ! dit un autre, avec fierté.
Je portais les lettres au château de M.
Campion (Rodolphe). C'était une luronne
qui aimait le plaisir ! » Et plein d'indul-
gence, il ajoute : « Dame ! elle était
obligeante pour le monde ! »

Afin de compléter mes impressions,
je suis entrée dans des maisons bour-
geoises, j'ai interrogé des dames qui ont
connu ou dont les parents ont connu
Delphine. Mais là, c'est presque toujours la même voix qui m'a répondu !
Conduites par un bon sens implacable
leurs idées vont toutes dans la même di-

rection... Elles condamnent tout ce qui
s'égare, tout cé qui dépasse, et va hors
du « juste milieu ». Elles représentent ce
personnage invisible et inévitable, ter-
rible autant que borné, qui dirige
l'opinion provinciale : l' « on-dit » re-
doutable qui dénonce les amants, signe
les lettres anonymes et souille la beauté.

Il semble que Delphine soit vivante et
que la joie des sots bavardages et des
mensonges s'exerce entre voisines...

« Rodolphe ? me dit l'une d'elles, oui,
celui qui habitait la Huchette, mais il
n'était pas le premier, et après Rodol-

phe, il y a eu Léon et en même temps que Léon, il y a eu le frère de Léon... »

« Et l'oncle de mon mari, me dit une autre, un grand beau garçon qu'elle essaya de détourner de ses devoirs. Ah ! Flaubert est resté bien au-dessous de la vérité ! »

« Jolie ? s'écrie une troisième. Ah ! oui tenez, voici une vieille gravure qui passait pour avoir quelque ressemblance avec elle, car de vrai portrait, il n'en existe pas... En tout cas, elle était plus jolie que ça et très élégante... quoique d'une élégance de mauvais aloi... » Puis elle me raconte comment sa mère sauva Delphine.

« Un soir de fête, le docteur Delamare cherchait sa femme. Ma mère voulut en avoir le cœur net, elle courut au bout du jardin, et, voyez-vous, madame, là-bas... une petite tonnelle ? C'est là que ma mère a trouvé Delphine... elle n'était pas seule !... au même instant le docteur arrivait... c'est ma mère qui l'a sauvée !... »

Près de sa fenêtre, devant une glace qui lui renvoie l'image de la rue, une bonne dame tricote ; tout enfant, amie de la petite Berthe, elle a bien connu Mme Delamare !... Elle la voit encore se promener dans le jardin, « avec son peignoir de nansouk, et son ombrelle bleu pâle qui fait ressortir ses bandeaux, noirs comme l'aile du corbeau... Souvent on la voyait passer ainsi, car elle ne fit jamais rien de ses dix doigts... »

Une voisine interrompt la vieille dame :

« Ma tante s'est un jour disputée avec Delphine ! Elle se souvient encore de lui avoir dit : « Si je ne laisse pas une fortune à mon enfant, je lui lèguerai du moins l'honneur ! »

Et plus loin, sur le seuil de sa porte, une commère chuchote d'un ton confidentiel :

« Vous savez, Madame, qu'avant de s'empoisonner, elle tenta d'empoisonner son pauvre mari ?... »

Je n'interrogerai plus.

Celle dont j'entends parler n'est plus Emma, c'est la petite bourgeoise de Ry qui scandalisa les populations ; ce n'est plus une héroïne, c'est une femme, et ce sont des jugements ordinaires, par conséquent sévères, que l'on formule quand je prononce son nom. Qui sait ? Peut-être sont-ils plus cruels qu'ils ne le furent autrefois, maintenant que Mme Bovary a rendu célèbre l'obscure Delphine?

Là où rien ne s'élève, il n'y a pas d'ombre sur le sol. La calomnie est celle de la beauté, elle se traîne à ses pieds longtemps après que la beauté n'est plus, elle trace bassement sur la terre son contour défiguré, et c'est là, parmi les déchets de l'envie, de la sottise et de l'ignorance qu'il nous faut chercher les débris d'une existence !

LA MAISON DU DOCTEUR DELAMARE

(Cour intérieure)

Tandis que le roman de Flaubert entre dans l'immortalité, Delphine grandit, une légende se forme, sa mémoire s'amplifie, elle est morte et sa vie brisée prend une force réelle, les racontars s'exaspèrent, la famille s'inquiète et vingt ans après, à la faveur de la nuit, on viendra saisir au cimetière l'humble pierre qui couvre sa tombe... Avec elle son vrai nom sera emporté, ainsi que les pauvres mots d'usage qui implorent la pitié des passants :

Ci-gît

Mme Delamare, née Delphine Couturier,
qui fut bonne épouse et bonne mère.

La vie d'une femme belle et légère, c'est presque une vie de fleur ; après de longues années, où retrouver sa véritable image ?

Sans doute elle ressemblait à ses sœurs qui éternellement embelliront la terre, mais le vague parfum de sa pauvre petite âme n'est-il pas enseveli pour toujours avec les cœurs qui l'ont aimée ?

C'est pourquoi, vers la fin de la journée, je partis à la recherche de la servante d'Emma Bovary. On m'avait affirmé qu'elle existait encore. Félicité, la compagne fidèle, n'était-ce pas auprès

d'elle que j'allais retrouver un souvenir
plus attendri et plus pur ?... Quelque
chose survivrait-il dans la mémoire de
la vieille paysanne, maintenant âgée de
quatre-vingt-trois ans ?...

A trois lieues de Ry, Augustine Ménage habite Saint-Germain-des-Essours.
Dans un chemin ombragé, une petite
barrière coupe la haie ; un jardinet soi-
gné entoure de fleurs une maisonnette
blanche. Des phlox rouges et roses, des
soleils, des pois de senteur, des gueules-
de-loup, des pieds-d'alouette, mêlent
harmonieusement leur beauté vigou-

reuse ; des géraniums fleurissent l'appui des fenêtres qu'une vigne entoure.

Au bruit que fait la barrière en s'ouvrant, une petite vieille paraît sur le seuil de la maison et vient à ma rencontre. Elle répond en souriant :

« C'est moi, Augustine Ménage », et me prie d'entrer.

En face de cette bonne vieille dont un chef-d'œuvre a fixé pour toujours la jeunesse, une émotion m'étreint comme si je me trouvais en présence d'un héros d'Homère. La servante d'Ulysse me gui-

dant vers sa demeure ne ferait pas battre mon cœur plus violemment.

Chez elle une surprise m'attend. Une
surprise bien rare dans le pays normand. Tout est riant, propre et clair ; le
soleil et l'odeur des fleurs entrent par
les fenêtres. Sous la grande lumière, l'é-
clat des carreaux rouges rejaillit sur les
murs et colore toute la pièce. Le large
balancier étincelant de l'horloge normande, richesse de la cuisine, semble
bercer doucement la fin d'une heureuse
existence.

Mais la petite femme, surtout, m'é-

tonne et m'intéresse. Elle ne semble pas
très âgée, ses bandeaux gris bien ran-
gés suivent le bord de son bonnet plat.
Parfaitement droite et alerte, ses mouvements sont à peine ralentis par les
années. Sa vieillesse avenante est comme un voile descendu sur ses traits ; elle
laisse deviner la jeunesse défunte, et
tandis qu'Augustine s'asseoit devant la
table et reprend son ouvrage dans ses
mains tremblantes, je vois Félicité fraî-
che et ronde avec un regard malicieux,
un nez fin, une bouche rieuse... Elle di-
vise des épis de blé en menus bouquets.

« Avec ça, je fais des cadres pour amuser mes petits-enfants », dit-elle. Et j'imagine la jeune servante allant danser les jours de fête sur la place du village.

« Mais vous voulez peut-être vous rafraîchir un brin ? y fait chaud, dà ! » Et sans attendre mon refus, elle m'offre un bol de lait, puis revient à son travail enfantin.

En vérité, elle n'est pas pressée de savoir ce qui m'amène ; sans curiosité, sa vie simple accepte simplement ma présence. J'admire cette naïveté qui a les

gestes et les silences d'une idéale culture. Je me plais à observer la douce
Félicité. Sa bouche toute plissée semble
au repos grignoter le silence ; ses yeux,
qui ont trop regardé, retournent à la
couleur laiteuse de ceux qui n'ont encore rien vu. Et j'écoute le grand calme
qui entoure l'âme dormante des vieillards.

Mais tout à coup j'ai prononcé le nom
de Delphine. Ah ! je ne pourrai jamais
dire le bouleversement que produisit ce
nom sur la vieille servante ! Toute sa vie
ne fut pas seulement réveillée, mais
transfigurée...

J'ai remarqué souvent la paix, l'ordre touchant qu'une bonne santé accorde aux vieilles gens, mais je n'avais jamais vu la vieillesse subitement baignée d'un jeune et frais bonheur ; je n'avais jamais crû que le goût de la joie pouvait demeurer ainsi et ranimer à ce point un visage déjà proche de la mort.

Emue, troublée, tremblante, Félicité laisse échapper des exclamations heureuses... Sa maîtresse était si belle ! si bonne ! si douce ! Elles n'avaient point de secrets l'une pour l'autre ; élevées ensemble à la ferme du père, elles partageaient les mêmes plaisirs.

Et puis, un jour, le docteur est venu.
Il a courtisé Delphine, et Delphine, qui
était ignorante, s'est crue amoureuse.
Pour convaincre ses parents, qui ne
voulaient pas de ce mariage, elle simula
une grossesse. Puis ce furent les fian-
çailles, le mariage, et bientôt après les
larmes et les malheurs...

Le docteur n'était pas méchant, mais
il n'était pas fait pour elle, une si belle
demoiselle ! si délicate ! si bien élevée !

Et le cantique des louanges recom-
mence. Le regret semé en passant sur
le triste destin de Delphine n'a pas as-

sombri le rayonnement de Félicité ; un petit geste d'épaule et c'est tout. On sent que pour la paysanne équilibrée et saine les douleurs un peu chimériques d'Emma sont restées obscures. Son âme, comme sa vie, a passé à côté. Elle a partagé les plaisirs, mais si parfois elle a pris part aux pleurs, ce fut par amitié et sans trop savoir pourquoi.

Sa mémoire semble arrêtée aux premiers temps du mariage. A-t-elle cédé sous le poids plus lourd des peines ? Est-elle revenue à l'aurore de sa vie ? Elle est toute dorée de jeunesse et de joie.

Félicité ne raconte pas d'histoires. Est-il possible de raconter des histoires sans mentir un peu ? Elle répète en secouant la tête : « J'ai rien à vous apprendre, puisque vous avez lu le livre. Tout est bien vrai, dà ! »

Et des images passent devant mes yeux, de brefs petits tableaux qui peignent un être mieux que les anecdotes. Je vois Delphine se rendant à la messe le dimanche... Un châle des Indes accuse la chute de ses épaules, sa capote de tulle mauve est illuminée d'anthémis, sa jupe de taffetas gris chante le rythme de ses pas menus. Les cloches de l'église occupent lourdement l'espace, la lumière du sol poudreux et blanc fait battre les paupières. Légère et lente, Delphine va... Une petite ombrelle pliée comme un écran protège sa pâleur, ses mains fines sont couvertes de mitaines noires. Dans l'une, elle tient le manche d'ivoire de son ombrelle (souvenir délicat rapporté de Dieppe par le clerc de notaire) ; dans l'autre brillent les perles d'acier de sa bourse remplie de gros sous, car Delphine est charitable, et quand elle traverse la place, les gamins

et les pauvres se pressent autour d'elle.
A son passage, tout le monde s'émeut ;
on s'arrête, on se retourne, on s'appelle ;
des visages paraissent aux fenêtres, des
gens viennent sur le seuil des portes :

« C'est la plus belle dame du département ! » Et Félicité, qui la suit à dis-
tance, est fière de servir une si noble
maîtresse.

La bonne femme a laissé tomber ses
épis de blé qui mettent des larmes d'or
sur son tablier bleu, elle a croisé ses
vieilles mains sur sa poitrine. C'est elle
qui est noble et touchante ! A la clarté

de son cœur plein d'amour le temps se
déchire comme un mauvais nuage, et
nous remontons ensemble le cours d'une
jeunesse ensoleillée ; tout au bout de
ses souvenirs, elle semble écouter, et
très bas, elle murmure cette phrase
charmante :

« Elle avait une voix si douce, qu'on
aurait voulu ramasser tous les mots
qu'elle disait ».

Félicité reste un moment silencieuse,
elle continue toute seule sa promenade
dans le passé, elle sourit, secoue la tête,
et puis se met à parler au milieu de sa

PORTRAIT D'AUGUSTINE MÉNAGE.

(Félicité)

pensée comme si j'en avais pu suivre la route en ses yeux...

, « On aimait le plaisir !... Vous savez, les servantes, c'est jamais si beau que les dames ! Alors, on a de la peine, on est chagrine... Ma bonne maîtresse, elle disait comme ça les jours de fête : « Quand la nuit viendra, Augustine, » prends une belle robe dans mon ar- » moire, une crinoline, une ceinture de » soie, et puis va danser ma fille ! » amuse-toi ! »

Et la bonne servante rit avec tant de fraîcheur, qu'il me semble voir s'envoler

5

des baisers de tous les petits creux de son vieux visage.

Dans le même rire un autre souvenir s'éveille : « Le docteur disait à sa dame : « Fifine, je sors, je prends la clef, jé te » défends de sortir. » Mais, par aventure, je mettais un escabeau contre une fenêtre du jardin, et puis vl'à mon oiseau parti !... Elle s'ennuyait tant la pauvre petite ! Que voulez-vous, c'était jeune ! Fallait la voir au cou de son amoureux, quand il venait le matin ! « Emmène-moi, qu'elle lui disait, emmène- « moi, si tu ne veux pas que je meure !... »

» Il répondait toujours « demain... »
Alors, on se bécotait, on se bécotait...
Marchez !... le temps ne leur semblait
pas long !... Et puis elle jouait toute
seule que c'était impayable !... »

Et je la vois tourbillonner dans son
jardin tel un calice renversé. Ses « repentirs » (car pour se distraire, Delphine, comme Emma, changeait chaque
jour l'arrangement de sa chevelure)
dansent autour de son visage et cares-
sent ses épaules nues ; elle cueille à
plein bras toutes les fleurs de ses cor-
beilles, elle en pare son salon, ses fe-

nêtres, sa table, puis elle revient alerte
et vive sur le seuil de sa maison, et dit
en riant :

« J'attends mes invités. »

Elle fait des révérences, avance sur le
sable ses petits pieds aux pointes ai-
guës, elle minaude, sourit, interroge ses
hôtes imaginaires...

« Bonjour prince !... Comment allez-
vous, duchesse ?... Le duc est souf-
frant... Aurons-nous la marquise ?... »

Puis elle écoute le silence ; elle regarde. Le vide est autour d'elle comme
en elle. Ses bras nus, hors de leurs

manches à gigot, se tendent vers le ciel
fixe, elle gémit, bâille d'ennui, se la-
mente, et puis s'enfuit dans un éclat de
rire trempé de larmes ! Corolle élégante
et détachée de sa tige, elle tourbillonne
à travers son jardin étroit, au milieu
des choux, des fraises et des petits
pois.

Tout en causant, j'ai pris la main de
la vieille femme et nous sommes l'une
près de l'autre, paisibles comme des
amies. Une ombre passe dans ses yeux
quand je lui demande si elle est restée
près de Delphine jusqu'à la fin... puis,

très vite, comme pour chasser une image trop pénible, elle répond :

« Dans les derniers temps, le chagrin l'avait réduite à rien ; moi, j'étais mariée au village ; alors, un soir, on a dit qu'elle s'était empoisonnée, j'ai couru près d'elle..., c'était effrayant... elle était sur son lit toute blanche, les yeux retournés... déjà on ne la reconnaissait plus... ma belle maîtresse !... mon pauvre petit cœur... Elle ne voulait pas dire quel poison elle avait pris... tout le monde pleurait... Alors sa petite fille s'est mise à genoux pour la supplier et elle a dit enfin la vérité ! Ah ! c'était bien plus malheureux que dans l'histoire !... »

Un triste silence tombe entre nous, je regrette d'avoir fait surgir de l'ombre où elle dormait la lourde peine de Félicité... Mais encore une fois, par un mouvement heureux, le poids des premiers souvenirs fait basculer sa mémoire, et elle s'écrie : « Quand nous avions quinze ans, on s'amusait ! Il y avait chaque année la fête du Lait de mai dans le grand verger du père Couturier, on dansait sous les arbres ; une fois, Delphine a cassé le verre de sa montre, elle pleurait... Alors, pour la faire rire, tous ses galants ont cassé le verre de leur montre itou !... on a ri... marchez !... »

Dans le petit jardin où bourdonnent les abeilles, Félicité s'empresse ; elle tient à m'offrir quelques fleurs ; elle ignore, la brave femme, que j'emporte une moisson plus pécieuse qui ne se fanera jamais dans l'eau vive du souvenir, et combien elle me plaît de n'avoir mis sous mes yeux que des images tout enluminées d'amour ! La vie d'autrui estelle jamais pour nous autre chose qu'une série d'images que nous interprétons

selon notre âme ? Dans l'horizon qui s'é-
teint, j'évoque un chapeau bergère, des
« repentirs » caressants un « cou de
cygne », et, comme dit Flaubert, « une
robe de soie bleue à quatre falbalas »...
Fleurs, parfums, couleurs et lignes fu-
gitives, baisers, larmes et sourires, vous
ne mentez sûrement point, c'est·là que
fut Delphine ! et le moindre jugement,
comme une pierre dans une étoffe légère, la déchirerait cruellement. Jolie
poupée aux grands yeux, elle fut sa propre victime ; petite créature de plaisir
et de luxe, qu'il eût fallu peu de chose

pour ordonner son destin de jouet inof-
fensif !

Certes, si Delphine avait été grande,
elle éveillerait en nous une sympathie
différente. Mais nous la cherchons dans
sa route obscure avec une ardeur égale
à celle qui nous anime, lorsque nous
suivons en plein ciel la pure beauté d'une
Béatrix ou l'âme vertueuse d'une Imo-
gène. C'est qu'en entrant dans le passé,
le bien et le mal se rapprochent. Le bien
qui ne peut plus nous rendre heureux,
le mal qui ne saurait nous atteindre,
s'égalisent en perdant à nos yeux

leur signification inquiétante ou dé-
sirable.

Mais l'héroïne qui passionne aujour-
d'hui notre attention est-elle bien Delphine Delamare ? Entre elle et nous, le
génie s'interpose, et ce qu'il exprime, la
minute humaine qu'il contient, nous apparaît tout éclairée de ses feux.

L'œuvre de Flaubert couvre Delphine
d'un linceul de beauté, et, sans doute,
elle vit plus profondément dans les feuil-
lets du roman qu'elle ne vécut en tra-
versant les heures de sa brève existence.

Cependant, ce n'est pas sans émoi que

notre pensée va de l'une à l'autre. Si l'œuvre est belle qui illumine Emma, la vie est poignante qui condamne Delphine, et il semble que nous entendons mieux la grande voix de Flaubert, lorsque nous retrouvons sur la terre, tout près de nous, la tendre plainte d'une jeune femme.

Puisqu'elles furent mêlées en l'esprit du puissant écrivain, ne les séparons plus, et gardons une piété reconnaissante à celle qui, en brisant ses jours éphémères, commença les jours immortels de Mme Bovary.

NOTES

II

J'avais l'intention de ne rapporter ici qu'un simple pèlerinage féminin, mais il n'est peut-être pas sans intérêt de rappeler qu'on a retrouvé les traces

de tous ceux qui furent mêlés au drame. Grâce à la précieuse documentation de l'érudit journaliste rouennais
M. Georges Dubosc, ainsi qu'aux re-
cherches curieuses du docteur Raoul
Brunon, on sait que l'apothicaire Homais, l'amoureux Justin, Hippolyte le
pied-bot et le père Hivert ont vécu. Delamare, assez semblable à Charles Bovary, fut l'élève du docteur Flaubert,
que le romancier a peint sous les traits
du docteur Larivière. Louis Delamare,
avant d'être le mari de Delphine Couturier, avait épousé la veuve d'un fermier
des environs. Là, nous voyons une fois
de plus combien la réalité hantait Flau-

bert, puisque son héros se maria également deux fois, ce qui était plutôt nuisible à l'unité du livre.

Il y a deux ans, mourut subitement dans une rue de Beauvais un petit vieillard d'allure aimable et vive. Il était notaire honoraire du département de l'Oise et se nommait Louis Bottet. Il demeurera dans notre souvenir sous les traits de Léon Dupuis, le clerc de notaire de Yonville...

Celui qu'on appelle encore « le beau Campion » (Rodolphe Boulanger), complètement ruiné, tenta de refaire sa fortune en Amérique. Il en revint bientôt et se suicida à Paris, en plein boulevard, d'un coup de pistolet... Sa mort est survenue peu d'années après celle de la jeune femme qui l'avait tant aimé. Bien souvent, dans les jours qui suivirent la fin de Delphine, Rodolphe mêla son chagrin et ses remords à la douleur du pauvre Delamare...

Il existe de ce dernier une impressionnante vision dans les Mémoires d'un des secrétaires de Sainte-Beuve : Jules Levallois (1).

Trois mois après l'empoisonnement tragique de Mme Delamare il rencontra

---

(1) Le critique était alors en villégiature chez son oncle, le docteur Laloy (Canivet dans le roman) qui fut appelé le premier au chevet de Mme Delamare.

aux environs de Ry le malheureux médecin :

« Par un clair après-midi d'été, sur
la grande plaine d'Epreville, nous
voyions venir à nous, se détachant à
l'horizon, un cheval qui rappelait Ros-
sinante, surmonté d'un cavalier que
Gustave Doré n'aurait pas dédaigné
pour ses illustrations de *Don Quichotte*.
Ces deux êtres fantastiques s'arrêtèrent
à quelques pas de nous. Une conversa-
tion insignifiante, traînante, s'engagea.
Puis l'homme triste, affaissé, accablé,
l'animal lamentable s'éloignèrent, se
perdirent dans la direction de Ry. « Tu
l'as reconnu ? me dit mon oncle. C'est

Delamare, l'officier de santé, tu sais le malheur qui l'a frappé...? »

Ce document est d'autant plus curieux que M. René Duménil, l'auteur d'intéressantes études sur Flaubert nous présente Jules Levallois comme un ami de l'écrivain; mais par contre l'idée de cette amitié nous trouble en ce qui concerne la beauté de Delphine Delamare, car le témoignage du critique est en contradiction ainsi que celui de Maxime Ducamp avec la plupart des souvenirs recueillis.

Voici ce que dit le secrétaire de Sainte-Beuve :

« Ce n'était certes pas une figure à

passions. Elle était blonde avec des yeux
bleus et un teint de normande qui pour-
tant, vers la fin tendait à se couperoser.
Je ne sais si ses toilettes étaient d'une
élégance irréprochable, ce qu'il y a de
certain c'est qu'elles étaient comme on
dit chez nous, fort *voyantes*. Elle devait
avoir pour les robes roses une prédilec-
tion particulière. »

Le portrait plus détaillé que nous
trace Maxime Ducamp se rapporte à
peu près au même modèle et n'est guère
plus séduisant.

« C'était, nous dit-il, une petite femme
sans beauté, dont les cheveux *d'un jaune
terne* encadraient un visage *piollé* de ta-

ches de rousseur. Prétentieuse, dédai-
gnant son mari qu'elle considérait comme un imbécile, ronde et blanche avec
des os minces qui n'apparaissaient pas,
elle avait dans la démarche, dans l'ha-
bitude générale du corps, des flexibili-
tés et des ondulations de couleuvre ; sa
voix, déshonorée par l'accent bas-nor-
mand, était plus que caressante et dans
ses yeux de couleur indécise, qui, selon les angles de lumière, semblaient
vert, gris ou bleus, il y avait une sorte
de supplication perpétuelle. »

Cependant nous ne pouvons accorder
qu'une foi très relative aux dires de Maxime Du Camp ami peu soucieux de vé-

rité et qui déçut profondément le grand
cœur de Flaubert. Au reste il fait une
erreur en nous parlant de l'accent bas-
normand d'une fille du pays de Bray !

Il est infiniment plus logique de ne
point douter des nombreux témoignages recueillis dans le petit bourg de Ry
par MM. Georges Dubosc, Georges Rocher et Emile Deshayes qui tous nous
représentent une Emma-Delphine distin-
guée, belle, très brune, aimant à danser
et à rire, mais inquiète, avide d'idéal et
cherchant désespérément un amour chi-
mérique.

Pour conclure n'avons-nous point aussi le témoignage de la bonne Félicité et

celui du docteur Brunon, directeur de
l'Ecole de Médecine de Rouen, dont la
mère se trouva au pensionnat de Cailly
en même temps que Delphine, et qui
lui fit de sa compagne un portrait que
fidèlement il rapporte dans son intéres-
sante brochure.

« Delphine Couturier était une fille
assez coquette et qui avait un goût particulier pour les clercs de notaires parmi lesquels était mon oncle, un frère
de ma mère, clerc de notaire à Blainville.

« Quant on apprit qu'elle épousait un
médecin ce fut un événement. Quelques
mois après son mariage elle vint chez
ma mère, à la rue Saint-Pierre, voir ses

amies et leur donner des détails sur sa nouvelle existence. Ce fut la dernière entrevue des deux compagnes. D'après les dires de ma mère Delphine était très jolie, c'était une brune aux yeux troublants, un type exceptionnel en Normandie. Grande, bien faite, de belle allure, d'une intelligence médiocre, elle n'avait aucune culture ; très prétentieuse, il lui arrivait souvent de faire des cuirs et des velours en parlant...

... J'ai trois témoignages en faveur de sa beauté : celui de ma mère, celui d'une vieille dame de mes clientes qui la connut à la belle époque, et enfin celui de sa bonne qui existe encore. »

Le docteur Brunon a illustré son étude d'une gravure faite d'après un tableau de Court représentant une jeune femme en costume de bal masqué. Mais l'artiste a eu recours au même modèle pour peindre une jeune fille travaillant auprès de sa fenêtre, et de cette toile, qui se trouve au musée de Rouen, madame Brunon se plaisait à dire : « Delphine était ainsi, avec l'innocence en moins. »

C'est pourquoi nous avons cru devoir reproduire ici la photographie de ce tableau.

*
* *

Cinq ans se sont écoulés depuis mon

pèlerinage à Ry. J'ai revu ces jours-ci
le petit village où rien n'a changé, mais
la bonne Félicité n'est plus, la douce
vieille dont le sourire et les souvenirs
m'avaient charmée s'en est allée pour
toujours. Quant au vieillard qui fut enfant de chœur à l'enterrement de Delphine il ne paraît plus dans la boutique
d'épicerie qu'il tenait sur la place. Bientôt disparaîtra ce dernier témoin du drame. La légende s'égarera peu à peu, et
de la fragile chaîne des réalités qui ins-
pirèrent un immortel chef-d'œuvre il
ne restera plus un seul anneau...

*
* *

C'est un de nos étonnements que Flaubert n'ait point même parlé du ravissant
porche de l'église de Ry — une des curi-
osités du pays normand... Mais, comme le dit judicieusement l'hôtelier de la
« Rose Blanche » :

— L'histoire était trop récente, il fallait bien dépister le lecteur !

— Pour ce qui concerne la ressemblance de Ry avec Yonville-l'Abbaye,
M. Octave Maus, dans *l'Art Moderne*,
nous en donne une preuve fort intéres-
sante.

« Un médecin bruxellois, feu le doc-

teur Gallet, fervent admirateur de Flaubert, voulut pénétrer le secret, jusqu'a-
lors gardé, des lieux où Emma Bovary
vécut sa chimère et sa souffrance. Parti
de Rouen dans la direction de l'Est, il
suivit patiemment, le livre à la main,
guidé par lui, l'itinéraire de l'*Hiron-
delle*, et découvrit sans trop tâtonner,
non pas à huit lieues de la vieille cité
normande, mais à seize kilomètres seulement, tapie parmi les prairies et les
champs, la bourgade désormais célèbre ».

Il est inutile de dire que depuis cette
époque bien des détails décrits par
Flaubert n'existent plus. Si les chau-

mières sont encore le plus souvent couvertes de hauts toits de chaume, on ne voit plus guère en Normandie de fenêtres garnies de culs de bouteilles.

La mairie a été démolie et reconstruite, les halles ne sont plus les mêmes, l'auberge du « Lion d'Or », quoique toujours bien primitive, s'appelle maintenant « l'Hôtel de Rouen »... Mais on retrouve la place de toutes les choses et leur premier aspect est encore intact en la mémoire des habitants.

Nous apprîmes aussi lors de notre récente visite que la fête des Comices agricoles n'eut jamais lieu à Ry, village trop peu important.

La description si pittoresque de Flaubert se rapporte à Darnetal. Quant à la pharmacie Homais « Jusque dans ces derniers temps, nous dit le docteur Brunon en 1907, elle avait conservé son comptoir en hémicycle, ses bocaux Louis XVI et Empire et le capharnaüm avec la planche aux poisons. Il y a quelques mois seulement qu'un bouleversement sacrilège a dispersé tant de documents célèbres. L'extraordinaire et délicieuse officine de M. Tranchepain à Bihorel, près Rouen, a recueilli bon nombre d'objets venant de la pharmacie Homais. »

Le docteur Brunon fait-il une erreur ?

7

La pharmacie a-t-elle été reconstituée au moins en partie ?

Je n'ai pu le savoir, mais en tous cas on peut admirer à présent dans la petite boutique le grâcieux et original comptoir qui fit les délices de M. Homais.

*
* *

Un article signé A. M. Gossez sur Ry et Bovary, a paru l'an dernier dans le *Mercure de France*. M. Gossez, bien qu'il semble s'insurger contre « les faiseurs de commentaires » et croie devoir nous rappeler que Flaubert « ne copie pas des portraits mais engendre des types

immortels » M. Gossez nous apporte
une *documentation* qui étant la réunion
de toutes les autres nous paraît être dé-
finitive. Une seule erreur, selon moi
certaine, est à signaler. M. Gossez nous
dit en parlant de Félicité : « Elle fait un
portrait de sa maîtresse, *mais ignore
tout de sa mort* ».

Sur ce point j'ai rapporté exactement
les paroles de la vieille servante. A part
cela, son travail est très minutieux.
Nous avons suivi attentivement ses re-
cherches espérant y démêler quelque
document nouveau et contradictoire,
mais pour nier la légende qui unit Emma
Bovary à l'humble Delphine, M. Gossez

reproduit simplement deux lettres offi-
ciellement écrites par Gustave Flaubert
à un monsieur et à une dame inconnus.
Or l'on n'ignore point que l'écrivain se
défendait d'avoir voulu représenter des
gens alors existants et que c'était là, de
sa part, un devoir élémentaire.

M. Gossez se contredit lui-même un
peu plus loin par cette phrase « aux re-
proches que lui aurait adressés sa mère
— *amie de celle du réel Bovary* (?) d'a-
voir utilisé pour son roman les mésa-
ventures de l'officier de santé Eugène
Delamare, médecin à Ry, Flaubert op-
posait une défense énergique. »

En regard de ces dénégations obligatoires nous citerons la lettre que Flaubert écrivait de Croisset (1), le 10 mai 1855 à son vieil ami Bouilhet, à propos de son travail sur madame Bovary :

« J'ai peur que la fin (*qui dans la réalité a été la plus remplie*) ne soit, dans mon livre, étriquée comme dimension matérielle... etc. »

On connaît trop la profondeur de leur amitié et quelle sincérité régnait entre les deux amis pour douter un instant de la vérité de ces lignes...

---

(1) *Correspondance de Flaubert*, tome III.

BIBLIOGRAPHIE

BIBLIOGRAPHIE

Souvenirs Littéraires, (I, XII, 319), Maxime du Camp.

Mémoires d'un Critique (I, 24 à 29), Jules Levallois.

Souvenirs Littéraires, le dîner des Gens de Lettres (Paris, Flammarion, 1904), Albert Cim.

Le *Journal de Rouen* : M. Georges Dubosc :

22 novembre 1890 : La véritable Mme Bovary.

2 décembre 1890 : Réponse d'un habitant de Ry.

26 février 1905 : Mme Bovary au théatre.

17 mars 1905 : Les petits personnages de Mme Bovary.

Les Origines de Madame Bovary (La *Revue de France*, année 1896), M. Georges Rocher.

La Genèse de Madame Bovary (la *Revue illustrée*, Paris, 1er septembre 1907), M. Emile Deshayes.

Madame Bovary et la réalité (l'*Eclair*, 2 décembre 1904).

Les Revues et Journaux (*Mercure* 1905, 1er avril 1905), R. de Bury. — La *Chronique Médicale* (1896, p. 587; 1897, p. 80; 1900, page 650; 1907, p. 772). — *Le Charivari*, 9 novembre 1907.

A propos de Madame Bovary (*Presse Médicale* du 30 septembre 1907); le Docteur Brunon. — En 1907 également, un intéressant article d'Octave Maus, intitulé : *Yonville l'Abbaye* (*L'Art Moderne*, 15 septembre 1907).

La Pierre Tumulaire de Madame Bovary (La *Normandie*, octobre 1908), Léon de Vesly.

Ouvrages à prix divers

GABRIEL FAURE
Heures d'Ombrie . . . . . . 3 »
ouvrage couronné par l'Académie Française.
Sur la Via Emilia . . . . . 5 »

GABRIEL HANOTAUX
de l'Académie Française
Champlain 1.50

HÉLÈNE PICARD
L'Instant Eternel. 3 50
ouvrage couronné par l'Académie Française.
Les Fresques. 3.50
Nous n'irons plus au bois . . . 3 50

Nouvelle Bibliothèque de Variétés Littéraires
à 1 fr. 60 le volume

NAPOLÉON BONAPARTE
Virilités. . . . . 1 vol.

BJORNSTJERNE BJORNSON
Magnhild. . . . . 1 vol.

CHATEAUBRIAND
Amours. . . . . 1 vol.

ANONYME
Le conte de la Ramée. . . . 1 vol.

STENDHAL
La Chasse au Bonheur. . . . 1 vol.

MADAME ROLAND
Sagesse et Passion . . . . . 1 vol.

Les Dix Commandements
par ÉMILE FAGUET
de l'Académie Française
formant une série de 10 volumes petit in-12 couronne à. . . . . . 1 fr.

Les Idées et les Formes
par PÉLADAN
Série de 10 monographies complètes format petit in-12 cour. à 1 f. le vol.

Les Célébrités d'Aujourd'hui
Collection artistique de biographies contemporaines. Chaque biographie avec portrait-frontispice, format in-18 jésus. . . . . 1 fr.

Ouvrages à 3 fr. 50 le vol.

LÉO CLARETIE
La Roumanie intellectuelle contemporaine. . . . . . . 1 vol.

ROBERT RANDAU
Les Colons. . . . . 1 vol.
Les Explorateurs . . . . . 1 vol.
Le Commandant et les Foulbé 1 vol.
Les Algérianistes . . . . . 1 vol.

PÉLADAN
L'Art idéaliste et mystique . 1 vol.

CHARLES RÉGISMANSET
La Femme à l'Enfant . . 1 vol.
L'Ascète . . . . 1 vol.

Collection des Glanes françaises
Volumes petit in-12 à 1 fr.

ALFRED CAPUS
La Vie, l'Amour, l'Argent. 1 vol.

HENRY BATAILLE
Le Règne intérieur. . . . . 1 vol.

JEAN LORRAIN
La Nostalgie de la Beauté . 1 vol.

ROMAIN ROLLAND
L'Humble Vie Héroïque. . . 1 vol.

MARCEL PRÉVOST
Moralités féminines et françaises . . . . 1 vol.

FRANÇOIS DE CUREL
L'Idée pathétique et vivante . 1 vol.

Divers volumes petit in-12 à 1 fr.

PAUL ADAM
Le Taureau de Mithra. . . 1 vol.
Le Nouveau Catéchisme. . . 1 vol.

MAURICE BARRÈS
de l'Académie Française
Les Lézardes sur la Maison. 1 vol.
Alsace-Lorraine. . . . . . 1 vol.

JEORGENSEN
Paraboles. . . . . 1 vol.

CHARLES RÉGISMANSET
La Philosophie des Parfums 1 vol.
Contradictions . . . . . 2 vol.
Nouvelles contradictions... 1 vol.

IMP. RENAUDIE, 18, RUE DE SÈVRES. — PARIS.

www.ingramcontent.com/pod-product-compliance
Lightning Source LLC
Chambersburg PA
CBHW051554280626
47162CB00022B/2260